언어의 향기
시를 꿈꾸다 3

시를 꿈꾸다 동인 시집

시음사
시사랑음악사랑

시를 꿈꾸다 3집을 펴내면서

긴 침묵을 깨고 마른 대지에 새 생명이 움트고 활짝 피어나는 꽃처럼 코로나 19 장기화로 힘겨운 시간 속에서도 시를 꿈꾸다 문우님들의 마르지 않는 시심과 문학에 대한 열정으로 향기로운 글밭을 가꾸고 글 꽃을 피워 소중한 결실을 거두게 되었습니다.

『시를 꿈꾸다 3집』에 담겨있는 삶 속에서 부딪치고, 느끼고 얻은 것을 각기 다른 시심으로 삶의 희로애락(喜怒哀樂)을 진술하게 빚은 글 향기가 바람을 타고 훨훨 날아 독자의 마음에 살포시 내려앉아 따듯한 위안이 되어 많은 사랑받기를 소망합니다.

존경하는 시를 꿈꾸다 문우님!
글로 감성을 나누고 소통하며 시심을 같이한 지 5주년이 되었습니다. 또한 자유롭지 못한 일상으로 문우님들과의 만남이 단절되는 어려운 시기에도 늘 푸른 소나무처럼 변함없이 관심과 사랑을 아낌없이 주시고 아름다운 글 동행으로 순수 문학 "시를 꿈꾸다"는 잔잔한 감동과 여운을 주는 순수 문학 공간으로 "시를 꿈꾸다 1, 2집"을 비롯하여 "시를 꿈꾸다 3집"을 출간하게 되었기에 기쁘고, 문우님들께 진심으로 감사드립니다.

소박하고 아름다운 시를 꿈꾸다 문우님들의
건강과 행복을 기원합니다.

2021년 5월. 아름다운 봄날
시를 꿈꾸다 문학회 회장 임숙희

■ 목차 ■

>>> **강석자**

약 력

- 대전출생
- '인향문단' 문학회 회원
- 인향문단 동인지 2집 / 시 3편 수록
- 인향문단 동인지 3집/ 시 3편 수록
- 하늘과 바람과 별과 시 시회집 / 시 5편 수록
- 바다와 나비 시화집 / 5편 수록
- 시를 꿈꾸다 2집 / 시 3편 수록
- 「시를 꿈꾸다」 문학회 회원
- 광운대 부동산학 박사

갈색 추억 / 강석자

초록 이파리에 꽃물들이더니
가을이 밀려오네

사랑할 때 쌓은 예쁜 추억은
이별 후의 그리움으로
무거워져 휘어 버리고

갈색으로 그을린 그리움을
등 뒤에 감추려 해도
은빛 억새 갈 바람에 출렁이네

가을 산책 / 강석자

느긋하게 노량으로
쉬엄쉬엄 천천히 걷는다

단풍에 걸려있던 햇살이
산사를 한 바퀴 돌고
발밑에 낙엽으로
다가가서 부스럭댄다

가을이 끙끙 앓는다
두리번~
모두가 고급진 풍경을
차마 지우지 못하고

땅에 떨어지고도
서로 비벼대며
소리를 지른다
한발 두발~
낙엽 밟는 소리가 들린다.

촛불의 짝사랑 / 강석자

말도 못 해본 사랑에
긴긴밤 홀로 불 밝히고

고백도 못 해 보고
흘리는 눈물은

왜 그리도 서글픈지
눈물샘은 쉬지 않고 펑펑

혼자 한 사랑
애달파 속만 태우다가

제 몸 태워서라도
님 오시는 길 불 밝혀 드리리

>>> **공태영**

약 력

· 인천 출생
· 2019년 대한문학세계 시 부문 등단
· 대한문인협회 정회원
· 대한문인협회 인천지회 정회원
· 「시를 꿈꾸다」 문학회 회원

글자 / 공태영

글자는
낭창낭창 향긋하고
진한 커피나 차 한 잔의 맛이 있어
그 맛 섬세하게 마음에 각인되어 있다

누군가가 생각나는 미소
옛정에 생긴 상처를 벗기면 마음이
아프고 정을 잊는 것을 배울 수 있지만
글자는 수수께끼처럼 쌉싸래하고 진한 맛이 난다

꿀이 녹아내린 진한 포옹
커피의 정열은 따뜻하지만, 글자는
글의 은은한 향이 가까이 감돌고 항상 그리워
커피나 차에서 글 자취를 찾아도 달달하고 달콤해

그대와 나
글의 향기에 취해보자
미소를 지으며 자신을 축복하고
담백한 한가로움과 여유로움을 음미하고
하루의 햇살이 눈가를 어지럽힐 때 커피나 차를 들면서

꽃 필 무렵 / 공태영

뭉게구름 피어나듯
내 마음에 불을 지피는 것은
모두 다 너의 아름다움을 위함이다.

마음의 벌판에는
그대 요망의 꽃들이 만발하여
벅찬 생각 가득하니 소망이 생기를 돋운다.

이때 가만히 바라보면
한 송이 은은하고 고운 맘의
붉은 사랑으로 가득 덮이게 하리라

너와 나의
이 만남이 운명의 굴레라면
천인 중에서 한눈에 영원한 만남이 되리라

바람은 살랑살랑
대지에 향기로 가득하여
또 내가 사랑을 필치로 삼고
사를 장으로 삼고 달 꽃의 마음으로
너를 지극히 부드러운 마음에 두게 하리라

나의 눈을
즐겁게 하는 너의 사랑
마음이 가득 차 암암리에 향기가 나
내가 동경하는 미래의 일심으로
문자의 향기가 붉은 사랑을 가득 채우고 있다.

영원한 수채화 / 공태영

나는 너의 마음을
화지로 삼고 생각을 필두로 삼아

내 그리움을
진한 색채로 버무려
천진난만한 너를 적어낸다

나의 색에서
가장 밝은 색채로
내 그리움의 눈물과 타오르는 정열로서

네가 내 시의 화가라면
나는 바로 네 그림 속 그 노을이다

은은하면서도
진하디 진한 색채로
너의 화필 밑에서 환히 웃는 나를

네가 한 폭의
영원한 수채화로 명명하면
나는 네 화폭에서 매 순간 찬란함을 발할 것이다.

·시를 꿈꾸다 詩집·

>>> **권경희**

약 력

· 경기도 안양 거주
· 「대한문학세계」 시 부문 등단
· (사)창작문학예술인협의회 회원
· 대한문인협회 경기지회 정회원
· 「시를 꿈꾸다」 문학회 운영위원

봄빛 수채화 / 권경희

살랑이는 봄바람은
마른 숲을 깨우기에 바쁘고
살굿빛이 감도는 햇살은
설익은 봄을 피우기에 분주하다

풋내 나는 옹알이로
발꿈치 닿는 곳마다 집을 짓고
팔랑거리는 키 작은 풀꽃에
나붓나붓 써 내려가는 실버들 붓끝에
파르라니 여울지는 밑그림들

봄볕을 넉넉히 들여놓고
새 가지를 내는 우듬지를 오르며
오지게 피우겠다는 핑계로
좀처럼 마침표를 찍지 못하는 시샘에도
신열이 올라 봇물 터지는 봄내

수런수런 연둣빛 서곡으로
한껏 오감을 부풀리며
꽃피고 새잎 돋아 출렁이는 봄 봄
숲과 여심을 분주히 오가며
두견새 울어대면 풀빛 짙어지겠네

괜찮아, 다 지나갈 거야 / 권경희

굳은 신념 하나로
나의 길을 곧게 섰다가도
놓아버리고 싶은 날이 있다
그 많은 슬픔을 견뎌내며
살아가는 사람들은 천사들이다

천주의 은총 안에 살지만
가끔은 하늘도 마음이 아파서
먹비를 내리는 것처럼
세상이 늘 따뜻할 순 없잖아
아프면 아프다고 조금 엄살을 부려도 괜찮아
가슴에는 천사의 눈물이 있으니까

지금은 조금 지치고 힘들 뿐
꽃 피우기 위해 젖고 있다고
괜찮다고 다 지나간다고 걱정을 내려놓고
곧게 걷다 보면 아픈 만큼 단단해질 거야

찬 바람이 불어오는 동지섣달이면
어머니의 밥상이 더 생각나는 것처럼
그리운 것들은 아프게 피듯이
내일은 햇살이 내려 꽃 피울 거라고
긍정의 해바라기로 일어서는 게야

15

하얀 목련 / 권경희

오랜 어둠 끝에
뽀얀 목덜미를 내미는
봄 한 그루 둘레로 부푸는 꿈들
지구 한 모퉁이가 밝아집니다

저리 재재대는 새들처럼
까슬한 껍질을 벗기고
살풋 날아보겠다는 야심찬 꽃등
봄볕에 등줄기가 후끈 달아오르면
흰 날갯짓에 화들짝 날아오르다
아찔한 현기증에 흔들리는 저녁

달빛도 서산에 기댄 채
스산한 기별에 바람꽃 일더니
남빛 창가에서 시름시름 운명을 감지하며
이승의 인연을 훌훌 벗어던지는 낙하
흠뻑 젖는 생은 섧다 못해 검붉습니다

꽃같이 온 우리도
훗날 아프게 아프게 지듯이
뒷모습까지 아름답기를 바라지 않습니다
사랑으로 와서 지는 순간까지
뜨겁지 않던 시절이 있었던가
피안을 찾아 훨훨 날아가는 생은
찬란한 낙영보다 더 슬프고도 아름다운 것

·시를 꿈꾸다 3집·

>>> 김기호

약 력

· 안동 경안고 졸업
· 대구 수성대 피부건강관리과 재학중
· 사상과 문학지 시 부분 등단(서울 마포구)
· 뉴스 한국기자
· 유성바른자세 힐링센터 대표
· 맥향(경북안동)
· 하주문학회(경북 경산)회원
· 「시를 꿈꾸다」 문학회 회원

카카오톡: masterkimsang(ID)

익은 가을이 설익은 가을에게 말하다 / 김기호

짙은 고독으로 허기진 가을
갈망이 일어 오색 단풍으로
영혼의 허기를 채운다

빛나는 가을 햇살 아래
따뜻한 마음을 배우고
떨어진 앙상한 가지에서
내려놓음을 배운다

뭔가 답답하여 갑갑해하는
그대 영혼을 동동주 한 사발로
목을 축여보지만
그래도 허전한 심령에
목이 마르고 갈망을 느낀다

산다는 게

뭐 그리 호락호락하겠느냐마는

촉촉이 젖은 가을 아침 이슬이

날카로운 서리가 되어 나타나기 전에

임무를 완수하려는 책임감과 같이

하루를 살아냈다는 대견함으로

자족하며 걸어가는 절대고독의 가을에

푹 빠져서 노을에 걸린 가을 하늘을

읽고 또 읽어본다

독서하듯 10월을 읽고

낙서하듯 추억을 메모한다

그냥 쭉 걸어가 보기로

익은 가을이 덜 익은 가을을

설득하고 있다

봄은 바람 소리를 듣는다 / 김기호

봄은 바람 소리를 듣는다

저만치 가는 그 길을
물어 물어서
물음표를 던지는
그대는 이 봄에 취할 준비가
되어 있는가

한끝 발끝을 치켜든 봄
처마 끝에 매달린 그리움을 따려고
애쓰고 있다

이제 한 맺힌 그대 심장이
이 봄기운에 스르르 녹아내려서
활짝 핀 봄꽃처럼
다가왔으면 좋겠다

때로 심장이 약해서
소스라쳐 놀랄지라도
이 주어진 삶에
항상 감동의 물결로
이어진 봄의 왈츠에
한껏 발걸음에 맞춰서
왈츠풍 춤을 신나게
추어보면 좋겠다

저만치 달아나는 봄을
따라가다 보면
아침에 떠오르는 뜨거운 태양이
가슴속에서 자라나서
여름이라는 나무로
무성한 생명의 이파리를
달고서 이 길거리에서
우뚝 서 있을게다

봄은 바람 소리를
귀를 쫑긋이 하고
듣고 있다

잠시 멈춤 / 김기호

겨울비 위에
그대 영혼이 서 있다
잠시 멈춤
그러하나 계속
이 인생길을 걸어가야 한다

한 걸음 한 걸음
다가서다 잠시 멈춤

한 걸음 한 걸음
뒷걸음치다 잠시 멈춤

뫼비우스 띠 같은 人生事

그냥 멈춤
잠시 멈춤
그러다 영원히 멈춤

그러면 끝난 게 아니고
새로운 시작이다

지금은 잠시 멈춤
살아온 길을 뒤를 돌아보고
가던 길을 하염없이
계속 걸어가고 있다

>>> 김달수

약 력

· 양구 거주
· 한국문학 시 등단
· 「시를 꿈꾸다」 문학회 회원
· 두매화훼 농장 대표

안개 속에 우는 새 / 김달수

밤새 씻겨간 유령의 혼을 본다
안개 속에 밀려든 집시의 자욱 따라
이슬 맺힌 삶에 세찬 고리들
엉킨 심장이 요동치는 척박한 삶을
굴리며 방황하는 길목 인가

영혼을 태우며 찾아가는 미지의 동굴 속에
빛없는 빛을 찾아 이 길을 따라가면
자연 속에 흘러나온 보이지 않는 것들 앞에
꿰지 못한 사연들이 옷깃을 스치면
동공을 메워가는 새소리를 이해할까

안개 속에 가리어진 저 먼 거리들이
하나둘 향수 속에 아쉬움만 내려놓고
돌아본 그 길가 가득히 피어나는 꽃
고독한 삶의 언덕 위에 휘어 내린 안개비가
새소리 품에 안고
삶의 거리를 아득하게 메워가네

남겨진 자욱 / 김달수

지축을 흔들듯 달려온 거리
밤별이 부서져 내리는 대지위에
현란하게 부대끼는 봄의 여신
그리움으로 풀린 사람아

쓰러질 듯 다가온 가로등 불빛 속에
감겨드는 애틋한 얼굴
남겨진 자국마다 등 밝히는 기억들이
별빛 속에 가득한데
바람처럼 지워져 간 새하얀 공간
허무의 산 증인으로 남겨진 자욱을 어루만질까

보고 싶다 그리운 동심에 얼굴
들꽃의 멜로디로 울리다
심연 속에 잠겨간 그리운 사람
아득한 서쪽하늘 가득히
저 별이 빛나는데
보고 싶다 이 시간이 또 스치만 가는데
그립다 가슴만 멍하니
별빛 속을 방황한다.

춤추는 나무 / 김달수

봄이 오고 꽃이 피는
금수강산

산들바람 버들피리 춤추는 나무
새롬이 물든 하늘가
햇살 따라 하루가 간다

각양의 나뭇가지 움트는 생명 망울진
망울마다 봄이 물들어
지나는 사람 눈빛 따라 감성을 풀고
사랑의 여울목에 흐르는 아쉬움

모진 겨울 지나 보니 아름다움이 지천이네
산맥 곳곳마다 싱그러움이
내리고 춤추는 나뭇가지
봄바람이 춤을 추네.

시를 꿈꾸다 3집

>>> 김미숙

약 력

· 부산 출생
· 시〈별리〉 대한문학세계 등단 (2019)
· (사)창작문학예술인협의회 회원
· 대한문인협회 부산지회 정회원
· 「시를 꿈꾸다」 문학회 정회원

노을 / 김미숙

흐르는 물에 얼룩진 사연을 헹구고
강가에서 뒤꿈치 들고 걸어간 자리
서녘 하늘은 처연하게 회한을 남긴다

하루치 사랑의 무게를 저울질하는 시간
가슴속에 소망을 켜놓은 붉은 꽃등
순백의 향기로 내일을 준비한다

아픔을 얼마나 참아야 저토록 붉으랴
흩어진 꽃잎 쓸어 하늘에 꽃무늬 치마를
걸어놓고 그리움은 등마루를 넘는다

영원한 빛을 품다 / 김미숙

달님도 잠이든 고요한 밤
붉은 눈으로 하얀 밤을 건너며
짓궂은 밤바람에 흔들릴지라도
한숨 태우는 별빛이었다

고사리 손가락을 보며
홀로 가슴을 쓸어내리고
희망의 빛을 놓지 않던 큰 사랑
돌아앉아 눈물이 되었다

문풍지 틈새로 고통이 밀려와도
심지를 꼿꼿하게 세운 마음으로
불꽃의 기도는 꺼질 줄 모르고
꽃봉오리 활짝 피워냈다

창호지에 아른거리는 그림자
잠시 비쳤다 사라지는 그리움
아직도 내 안에는
희망의 불꽃 타오르고 있다

그리움 끝에 서 있는 당신 / 김미숙

인생의 꽃봉오리 활짝 피어나라고
한 땀 한 땀 빚어 준 원앙금침은 세월에 바랬다
짐짝처럼 내팽개쳐진 무채색 그리움은
모서리 세우며 신음하고
한때 영화로웠던 자리에 얼룩진 흔적만 남은
영혼의 무게를 말갛게 삶아 햇살에 걸어 놓았다

청명한 하늘에 빛나는 홑청이 휘날린다
박꽃 속같이 순하게 웃던 그 얼굴이 떠올라
아쉬움에 나도 펼쳐 털어 말리는 동안
기억 저편 희로애락이 바지랑대 끝에서 펄럭이며
꿉꿉하게 묽어진 슬픔이 사위어 가고
철부지였던 나는 나풀대며 뛰어다니느라
당신의 가슴앓이 옹이 되어 가는 줄 몰랐다

햇볕에 풀 먹인 청아한 울림소리 이명처럼 맴돌고
벚꽃잎 찡긋 거리며 날아와 앞치마에 쌓인다
고단한 삶은 다듬이 방망이질로 이어지고
솟구치는 소리에 맞춰 인생의 물레를 돌리며
당신과 나 사이에 시간의 바람에 수놓았던
아득한 옛 자취 속 생의 한때가 에움길 돌아선다.

>>> 김미영

약 력

· 서울 출생
· 대한문학세계 시 부문 등단
· 대한문인협회 서울지회 정회원
· 「시를 꿈꾸다」 문학회 운영위원
· 문포강 정회원, 월간 시선 계간지 참여
· 시를 꿈꾸다 동인지 1집, 2집 참여

행복한 삶 / 김미영

지나칠 수 있는 걸 챙기는 인생친구
식사와 축하한다 촛불에 마음 담아
인사를 세상 따뜻함 감사하는 좋은 날

지극히 사람이란 매사에 조심하고
식구는 당연하고 베푸는 삶을 살아
인생길 함께 나누는 친구들을 두는 일

지나온 세월 그리 살아도 부족하여
식어진 마음까지 보듬는 넓은 아량
인간미 물씬 풍기는 그런 사람 되기를

사월에 내리는 눈 / 김미영

사월엔 눈이 내린다
눈이 부시게 내린 눈은 소복이 쌓여
쭉 늘어선 나무엔 햇살과 하얀 눈이
아름다움으로 빛이 난다

밤하늘의 별 볼 때는 어떤 마음으로 볼까
외로워서 아니면 슬픔 때문에, 위로받으려고
그리움에 마음 둘 곳 없을 때도 별을 본다지
기쁨으로 찾은 밤하늘 별이었어

이렇듯 느껴지는 모든 것들이 행복을
찾으려는 것이 아니라
바라보고 하다 보니 행복으로 내게 온 것이다
해진 저녁 산책한 공원의 가로등 불빛에
비친 모습이 좋은 느낌이었어
다들 자신만의 기쁨 행복 사랑을 만들겠지

"행복이 지는 날 다시 가져 갈게"

다시금 오는 모든 것 잡고 품어 보자
외로워서 별 찾지 말고 행복해서
바라보자
별도 외로울 거야.

모조품 / 김미영

우린 살면서 많은 사람과
만나고 헤어짐을 반복한다
그 속에서도 진솔함과 진실함이
묻어나기도 하지만,
그저 하나의 상품처럼 외모만 보고
조건을 따지다 쓰기 싫으면 버리는
신발이나 옷처럼 쉽게
생각하는 부류가 있기도 하다
사랑을 사랑으로 보는 게 아니다

"인스턴트 같은 사랑 이젠 정말 싫다"

사랑을 하더라도 진실하고 진솔한
마음 따뜻한 사랑을 하기를 바래본다
쉽게 변하지 않는 서로가 바라보는
그런 사랑
필요에 의한 사랑이 아니기를.

·시를 꿈꾸다 3집·

>>> 김병모

약 력

· 순천 출생, 아호 거전
· 고려대 일반대학원 교육학 박사
· 계간 〈시학과 시〉 2021년 봄 시부분 신인문학상
· 한밭시인선 시집 〈아람과 똘기〉
· 전 고려대(안암) 겸임교수
· 저서 공저, 학교중심의 교육행정및 교육경영 외 다수
· 공역, 좋은 학교, 좋은 정책
· 「시를 꿈꾸다」 문학회 회원

낙원에 봄비 내리고 / 김병모

봄비 내리고
쑥 캐는 아낙네
발걸음 빨라지고
들판 농부들 밭갈이 분주하다

나뒹군 낙엽 바스락 소리에
가이아 겨울잠 깨우고
목마른 땅 갈증을 해갈한다.

능선 사이로 이끼 옷 입은
바위들의 군무
진달래 생강나무꽃의 향연

낙엽으로 뒤 덥힌 비단길 틈새로
새싹 돋아나 기운의 찬 大地
대청호수 뒤 덥힌 농무(濃霧)
계족산성에 이르니
진달래 핀 낙원이로다.

봄 향기 / 김병모

뒷산 벚꽃길 너머 들판에
냉이 캐는 새색시
쑥 캐는 아낙네
봄 소풍이다.

쌉쌀한 풀 내
흙내음 그리운 향수
얼음 깨고 나온 시냇물 소리
언덕배기 노란 개나리꽃
세상이 봄이로다

식탁 위에
대파 송송 마른 멸치 국물로
우려낸 쑥국
새콤달콤 산나물 무침

장모님 손맛이 더하니
봄 향기가 가득하다.

봄이 아니로다 / 김병모

대전 천변 가로수길
뻥튀기 매달린 벚꽃들
만개한 노란 개나리도
봄이로다.

시냇물 물결마다
햇살에 출렁이고
물질하는 청둥오리
내일이 없다.

거리의 사람들
자전거 타는 아이
철봉 매달린 아빠
허리춤 추는 엄마
가면무도회다.

천변길 거리
봄 향기는 가득하나
마음의 봄이 아니로다.

>>> 김용철

약 력

· 하동 출생
· 한국문인협회 회원
· 하동문인협회 회원
· 「시를 꿈꾸다」 문학회 회원
· 2004년 스토리문학 신인상
· 저서 : 시집 태공의 영토 [2008년 문학의 전당]
　　　　지느러미로 읽다 [2010년 우리글]
　　　　물고기좌 부나비 [2013년 참샘]
　　　　나비다 [2016년 참샘]

꽃차 / 김용철

푸른 찻잔에서
산새 소리가 들립니다
졸졸졸.....
눈이 시리도록 바위틈에서 흘러내리는 기별
이름 모를 새소리가 향기로 내게 왔습니다
조각배 하나가 흐린 머릿속을 노 저어
말간 길을 내며 지나갑니다

온기 / 김용철

겨울 보리밭에는
울타리가 없다

배고픈 초식동물들
말라버린 풀을 뜯다가
보리밭 기슭으로 내려와
한 움큼 보리 싹을 얻어가는

눈 속 겨울 보리밭은
사람과 동물 애틋한 온기가 있다

블랙커피 / 김용철

커피 드립퍼에서
뜨거운 마법이 쏟아져 내린다

먼 길 달려와 내뿜는 정열의 체취
나는 너의 국적을 묻지 않았다
나는 너의 신분도 묻지 않았다

투박한 머그잔 속에 온순한 흑표범

그냥 말없이
달콤한 눈빛으로
무딘 꼬리 살랑이며 마주한 네가 좋아서
물끄러미
열애 중이다

· 시를 꿈꾸다 3집 ·

>>> 김인수

약력

· (사)창작문학예술인협의회 회원
· 대한문인협회 정회원
· 대한문인협회 경기지회 정회원
· (사)한국문인협회 안산지부 정회원
· 「시를 꿈꾸다」 문학회 회원
· 대한문학세계 신인문학상 수상
· 문학어울림 회원
· 글벗 문학회 회원
· 전국 공모전 및 백일장 다수 입상
· 안산 '편지' 카페지기
· 시가 흐르는 서울 낭송회 부회장

내 마음에 내리는 비 / 김인수

어둠이 내려앉은 가을밤

한 방울, 두 방울
처마 밑에 낙수 되어
동그랗게 원을 그리며
떨어지는 빗방울에 내 마음 씻겨본다

이슬비에 젖은 사랑의 노래가
저 멀리 별빛 되어
속삭이듯 들려오고

장대비처럼 애달팠던 사랑은
수많은 빗방울 되어
지나간 시간에서 그리움 되어 떨어지는데

아. 이 시간 지나면
또 언제 그리움 되어 내릴까?

어제 내린 비와, 오늘 내린 비가
내일도 내 마음에 똑같이 남아있으면
좋으련만

허물을 벗다 / 김인수

소낭구 껍질 모양
갈라 터진 삶에서 한 꺼풀 벗겨 내니
또 다른 속살이 드러난다

뒤돌아보니
인생사 사는 동안
겹겹이 허물 옷을 입고서

철갑상어처럼 유영을 하며
물결 속에서도 벗지 못한 허물처럼
이제 와 군더더기 되어 볼썽사납다

누더기처럼 찌든 파편들은
얼룩진 글씨처럼 그림자 되어
내 곁을 맴돌고
동그랗던 진실은
팔괘 모양 되어 각겨있다

스스로 벗어 내던지고 싶은
나의 발자국은

진실 앞에서
또 다른 옷을 벗는다.

별들이 내려앉은 가을날에 / 김인수

때론, 혼자 있는 밤이 좋을 때가 있다

고요한 적막 속에
어둠이 내려앉은 가을밤

하나, 둘 별들을 헤아리다가
검게 물들어진 색깔에서
내 모습을 찾아 나선다

풀벌레 향연에서
잠시 쉬어가는 내 모습을
별들은 바라보는데

풀섶에서
우는 찌르레기
처량하게 들리는 것은
내 마음 같구나

윤슬에 젖어버린 내 발자국
오늘도 달무리 따라
추억을 거슬러 올라간다

>>> **김종각**

약 력

· 경기도 시흥시 거주
· 대한문학세계 시 부문 등단
· (사)창작문학예술인협의회 회원
· 대한문인협회 경기지회 정회원
· 「시를 꿈꾸다」 문학회 회원

장미와 같은 인생 / 김종각

겨우내 설 바람에 움츠렸던 가녀린
앙상한 몸은 가시가 돋고 까칠하고 거친
겉모습은 부끄럼보다 스스로 자신을
지키고 삶을 사는 장미는 도도합니다

어둠이 개이고 새벽하늘 비치듯
설경의 겨울은 가고 고독해 보이지만
두렴 없이 인내를 감내하는 장미는
자식을 품듯 꽃망울 품고 있는
모습이 여인과 어머니 모성애
닮은 듯 성숙합니다

파릇파릇한 새 옷을 갈아입은 듯
잎은 피어오르면 꽃망울 터트리고
실바람 타고 고요하게 온 뜨락에
퍼지면 향으로 봄노래 부릅니다

흘러가는 흰 구름 속에 계절 따라
바람 부는 대로 비는 오는 대로
리듬을 타며 사는 모습은 인생도
세월의 리듬을 맞추어 봄소식을
맞이하며 사는 건 장미와 같습니다.

가정의 달 오월 / 김종각

잠에서 깨어나 기지개를 켜듯
어린아이의 살결같이 푸른 잎이 돋아
봄바람도 살랑이며 축복하는 오월
가족은 은혜와 감사로 사랑을 나누며
카네이션의 오가는 오월

탈 없이 자라는 자녀를 보면 신께
감사하고 훈계로 양육한다네 자녀는
부모의 넓은 은혜에 보답하려니 늦은
후회로 안타까워하는 마음이라네

무엇보다도 손자 손녀가 고사리 같은
손으로 할머니 할아버지 가슴에 감사의
꽃을 달아 드리면 기쁨을 감추지 못해
함박웃음이 오가는 오월은 신이 주는
선물이라네

제자는 감사의 마음으로
참 스승께 존경과 섬김으로
가슴에 카네이션 달아 드리니
오월을 가정의 달이라고 하네

휴가 / 김종각

찌는 듯한 열대야로 익어버린
도시의 빌딩 사이 열 받은 자동차
열기를 뒤로하고 질주를 해요

산과 들 나무와 풀잎들 지치지 않은
매미 소리 우렁차고 새들의 합창
싱그러운 숲이 참 좋아요

젊은이여
그대는 어디로 가나요
갈매기 우는 소리 파도의 멜로디
수영도 서핑도 즐기는 바닷가
하얀 모래밭으로 여행을 떠났나요

휴식과 함께 여유로운 미래를
설계하고 쉬어가는 휴가는 알찬
미래를 꿈꾸게 해요

노인이여
당신은 어디로 가시나요
멜로디 되어 흐르는 계곡물에
발 담그고 산들바람에 숨 쉬며
황혼을 꿈꾸고 있나요

꿈을 위해 쉬어가는 휴가는
또다시 살아갈 힘이 되지요

>>> **김희경**

약 력

· 부산 거주
· 대한문학세계 시 부문 등단
· (사)창작문학예술인협의회 회원
· 대한문인협회 부산지회 정회원
· 「시를 꿈꾸다」 문학회 회원

입춘(立春) / 김희경

모두 버리고 돌아오는 이의
이마가 푸르스름하다

고통 너머에서 불어오는 것은
소리를 먼저 물기로 보내온다

해의 빛살이
근육을 올리며 도착하고
언어들의 전율이 바람으로 술렁인다

재빨리 나무들이
창을 열고 몸을 펼쳐 펜을 들자
힘찬 빛 두 줄기가 몸을 일으키더니
봄을 새기고 있다

그 소리에 놀란 움츠린 담쟁이 잎 하나가
띄어 쓸 곳을 모색하듯
가느다랗게 고개를 든다

음지 하나가 환하다

얼마나 다행인지 / 김희경

얼마나 다행인지

꽃이 끝끝내 피었다는 것
나비가 비뚤거리며 꽃에게 닿는다는 것
바람이 사심 없이 유장해 주었다는 것

얼마나 다행인지

파도가 주저앉지 않고 다시 일어서는 것
수평선이 사라지지 않았다는 것
별이 제자리에 때를 알고 도착하는 것

얼마나 다행인지

지구가 아직도 돌고 있는 것
달이 곁을 지키는 것
돌고 돌아 사람이 누구나 다 늙는다는 것

그보다 더
신은 누구도 저버리지 않는다는 것
사랑으로 오늘도 아기가 태어나는 것

허구헌 날의 점성 / 김희경

허구한 날 찰나 뒤는 허구 헌 날이다

생이 허구의 소설 같은 일일지라도
헌 날의 무디고 이 빠진 날의 재단으로
미끈하지 못하게 하루를 살았다 하더라도
일생 안에 귀하지 않은 시간이 어디 있으랴

허구한 날이 법에 근거하여 표준을 시비하고
맞다고 아무리 우기더라도
한 날, 진실하다고 말하던 잘 포장된 눈빛들이
울퉁불퉁한 아스팔트로 느껴질 때 있더라
헌 날로 밀려가면 진실은 그때 눈을 뜨더라

지금 쓰는 삶의 소설이
무엇이 옳고 무엇이 틀렸다 할 수 있으리
수많은 다름들의 점성으로 주어진 한 날
한 날은 진정 고뇌한 헌 날의 덕으로 오더라

푸른빛 다 내어주고 몸살 앓던 단풍
몸 눕는 저녁이면
저물어 추워진 밤, 불 끄는 시간이면
모든 이름들 낙엽이라 불리고
온 듯이 사라진 그들의 점성 위로
한 날들은 묵묵히 왔다 헌 날로 갈 뿐이더라

>>> 김희추

약 력

· 효경 실버홈 대표
· 서정문학 시 부문 신인상 수상
· 서정문학 운영위원
· 시를 꿈꾸다 문학회 회원
· E-mail : 232525@hanmail.net

코스모스 / 김희추

여덟 폭 꽃 비단 겹주름 잡아
연분홍 화사한 능라 치마에
단색 저고리 받쳐 입고
갈색 머리에 듬성듬성
검정색 핀 꼽아 추켜 세운
산뜻하고 단아한 머리 매무새

수줍은 소녀의 설익은 순정
누구를 애타게 연모하다가
갈바람에 늦깎이 꽃이 되어
결실의 향연 가을 들판에
청아한 미소로 축하를 보내니
온통 계절이 풍요함 일색이다

소슬바람 쉼 없이 흔들어도
소녀의 마음 마지막 순간까지
자존의 순정 잃지 않고
깊어가는 가을 들길에서
하늘하늘 손짓하며
먼 길 떠날 채비에 여념이 없다

봄의 전령 / 김희추

혹독한 아픔의 상처가 아물고
허물을 벋는 상흔처럼
산과 들을 한 꺼풀 헤집어
싱그러운 초원으로 물들이는
초능력의 마력이야 말로
가히 만물이 소생하는
계절이 맞을 듯싶다

서둘러 온 고샅길 연둣빛
계곡을 거슬러 오르며
산곡 간에 꽃바람 풀면
동면하던 온갖 길손들
나름의 소명을 안고
먼 여로에 나설 채비에
하루 해가 짧기만 하다

양지 녘 손길 바쁜 봄처녀
나물바구니 힐끗 훔쳐보며
도랑과 시내를 부추겨서
나루터 총각 사공의
뱃길을 열고 내려와
여울목 미루나무 우듬지에
봄의 전령을 내려놓는다

찔레꽃 / 김희추

샘골재 다랭이 논 가는 길
구릉지 옹색한 비탈에
얼기설기 덤불 이루고
멀리서 언 듯 보기에는
여간 성깔 있고
까탈스러 보이지만

조심스레 가시를 헤집고
가까이 다가가 보면
연둣빛 수풀에 그네를 타고 앉은
청순한 순백의 꽃잎에는
수줍은 처녀의 볼 빛 같이
꽃분으로 엷게 홍조를 두르고

흠모의 눈빛 치마 자락에 숨긴 척
길손의 뒷모습을 훔쳐보는
소박한 심성이야 말로
붉게 핀 남쪽나라 고향 그리는
뭇 사내들의 애절한
사랑을 듬뿍 받을만하더라

>>> **문영수**

약 력

· (사)창작문화예술인협의회 회원
· 「시를 꿈꾸다」 문학회 회원
· 글렌도만 교육 대표
· 색동회 동화구연가

동그라미 / 문영수

품에 안겨 울음을 멈췄지
미처 다 뜨지 못한 두 눈에 보였던
흑백의 동그라미
사랑으로 가득했던 엄마의 눈동자

펴지지 않는 손가락 꼼물거리며
젖 내음 찾아 작은 입 가득 물었던
붉은 동그라미
힘찬 입놀림에 아팠을 엄마의 젖꼭지

처음으로 보았던, 처음으로 느꼈던
허기지고 불안한 마음 달래주던
무의식의 동그라미
연필로 그리다 생각나는 엄마의 얼굴

정사각형 / 문영수

사각형 중에 젤 예쁜 사각형
젤 착할 것 같은 사각형
꼭짓점으로 서면 반짝이는 마름모도 되고
직사각형도 안고 있지

반듯한 네 각이 있어 기댈 곳도 많고
내각의 합이 원이라
동그라미를 품고 있어

나 동그라미가 되어
데굴데굴 정신없을 때
앞에서 바위처럼 막아주었지

정사각형 문을 열고 들어가니
집처럼 편안해
방처럼 따뜻해

아무도 모를 거야
정사각형 안에 내가 있는 것을

세모 두 개 / 문영수

세모 두 개 하늘로 올라가 별이 됐어요
세모 두 개 땅 위에선 나무가 되네요

세모 두 개 나무 위로 올라가 나비가 됐어요
세모 두 개 물속에선 물고기 되어요

세모 두 개 나란히 산이 되었어요
세모 두 개 새가 되어 산속으로 날아갑니다

세모 두 개 슬그머니 기대어 네모가 되네요
세모 하나 생겨납니다
네모가 업어주니 집이 되었어요

뾰족한 세모 서로가 보듬어 만드는 아름다운 세상

내가 보듬을 또 하나의 세모
우린 무엇이 될까요 이 밤에...

·시를 꿈꾸다 3집·

>>> 박성금

약 력

· 2017년 순수문학 신인상으로 등단
· 순수문학 회원 . 한국여성문학인회 회원
· 1004문인협회 회원
· 「시를 꿈꾸다」 문학회 회원
· 저서 시집 「섬 스며 들다」 2020년, 시와사람
· 공저 : 바다에 길을 놓는 사람들 다수
    - 월간 순수 문학. 열린 시학. 표현. 시가있는 아침 등

여름으로 가는 길목 / 박성금

봄비답지 않는 빛줄기에
피멍이 든 꽃잎들
흩어져 지천인데

숲의 안색은 더욱 푸르르고
물안개 깔린 개울물에
살빛 햇살이 징검다리를 건너고 있다

장난스레 물장구치고 놀다
엉덩춤이 젖은 유년의 바지
버드나무 가지에 걸어 놓았지

그늘진 산비탈로 걸어온 바람이
빼꼼히 문 열리는 소리에
마음 추스르고 문고리를 잡으니

개울가 연둣빛 수양버들이
훔쳐먹은 봄 술에 취해 휘청거리다
우듬지에 둥지 튼 까치소리에 눈을 뜨고

봄을 보내는 길목에서
아카시아 꽃향기 찾아
꿀벌들도 바쁘게 여름으로 날아가고 있다

파도의 전설 / 박성금

하얀 거품을 토해내며
애꿎은 백사장만 할퀴며
뜨거운 햇살에 부서지는 철석임
잡을 수 없는 애환들

쉼 없이 소리쳐 울어도
누군들 달래줄 수 없고
그칠 줄 모르는 애절함만이 깊어만 간다

이리저리 돌고 돌아 흘러야만 되는 줄 알고
바다에 이르기까지 갯벌에 포섭되어
모래알로 새긴 언약을
침전된 그리움만 안고
파도는 수평선 위에 많은 전설을 남긴다.

삶에는 가시가 있다 / 박성금

삶의 섭리가 허물어져 가고
가식의 향기가 영육을 유혹한다
힘없이 떨리던 날갯짓도 멈춰버리고
지친 몸은 검은 뿌리로 타 들어 가는데
힘이 부친 가슴은 그리움만 칭칭 동여매고
잃어버린 추억만 허탈감으로 밀어내어
젊음도 사랑도 이젠 가을 바다
파도 따라 파편으로 보내버리자
지금은 풍성한 가을
청명하고 눈부신 햇살에
토실토실 영글어가는 가시 둥지 속에서
알밤이 빼꼼히 얼굴 내밀고
한 톨의 가치를 해쳐내고 있는 중
밤 가시에 찔리며 밤알을 꺼낼 때면
모든 삶에도 가시가 있다는 걸 말해준다

>>> **박정기**

약 력

· 전남 순천 출생
· 아호 順貞
· 문학춘추 시 부문 등단
· 대한문학세계 시 부문 등단
· 대한문인협회 회원
· 광주,전남문인협회 회원
· 「시를 꿈꾸다」 문학회 회원

봄은 내 마음에 / 박정기

닫힌 창
긴 한숨에 열린다.

눅눅한 마음
한줄기 햇살 스며들고

봄바람에
겨울 옷깃
한 뼘 자존심 무너지면

까칠한 입맛
봄동 달콤함에
입가 엷은 미소 번진다.

먼 산 흩뿌린 수채화
산벚 아름다운 자태

초록으로 달려간
계절 위
마음 하나 올려놓고

바람 끝 춤추는 꽃잎
스치는 인연마다
가슴속 꼬깃꼬깃 담아

햇살 움츠린 우울한 날
추억 한 장 끄집어 내

그대 생각에
배시시 웃고 싶다.

겨울밤의 춘몽 / 박정기

시린 바람
코끝 머물고

버들강아지
가지가지마다

은빛 고운 솜털
망울지어
꼬리 흔들며
달려오지만

개울가
고드름에 갇힌
새 봄

겨울 털지 못하고
뒷걸음 한다.

뒷동산 노루목
동장군 허리춤에 걸린 잔설 위

키 작은 복수초
노란 꽃잎 하나

겨울 뚫고 세상 밖
솟구쳐 오를 때

활짝 핀
여린 웃음에
움츠린 계절 요동치고

아지랑이 피는
저 언덕 넘어

겨울 슬며시
꼬리 감추면

봄은 어느새
내 곁에 와 있겠지.

生 命 / 박정기

구름이 앞서
바람 뒤서거니
따뜻한 봄이 찾아오고

긴긴 겨울
길 잃은 철새 한 마리
허둥대는 강기슭

메마른 갈밭
키 작은 초록이
수를 놓고
여울에 물안개 핀다.

지난 추위에
생을 다 한 듯
시들어 버린 화초 더미
그 서운함 뒤로

따뜻한 봄볕에
앙증맞은 새싹 하나
인사를 건네는 아침

질긴 생명의 오묘함
오늘 내가 살아가는
이유 일게다.

>>> **박효신**

약 력

· 아산시 온양 거주
· 인향 문학회 편집위원
· 「시를 꿈꾸다」 문학회 회원
· 저서 : 시집 「나의 세상」, 「내눈에 네가 들어와」,
　　동인 시화집 및 동인지 등 다수

임이시어 / 박효신

임이시여!

어이 그 먼 길을 돌아오셨소
오시지 말라 애원했건만
왜 오셨소

임이시여!
먼 길 돌아오시니
옛정 못 잊어 오셨소
아니 그렇소

임이시여!
먼 길 돌아오시니
그리워서 보고 싶어서
오신 줄 알고 착각에 빠졌소

임이시여!
착각에 빠지게 하시지 말고
오시던 길 다시 돌아가소서

늘 홀로서기 해야 됩니다 / 박효신

혼자서 밥도 잘 먹고
혼자서 여행도 잘 하고
혼자서 잠도 잘 잘 수 있는데

딱 한 가지 혼자 안되는 거
사랑 이란 게 있습니다

처음엔 사랑은 둘이 하는 걸로만 알았는데
마음을 내려놓으니
혼자 하는 사랑이 눈에 보입디다

혼자 하는 사랑은 이별이 없기
때문에 불안하지도 않고

혼자 하는 사랑은 기다림이 없기
때문에 외롭지도 않고

혼자 하는 사랑은 질투가 없기에
늘 설렘입니다

마음을 내려놓으니 기쁨이요
모든 게 환하게 보입디다

그래서
사람은 늘 홀로서기 해야 됩니다

봄 / 박효신

내 심장 크기만큼
큰 가슴속 깊이 자리 잡고 있습니다

아픈 이 가슴
그대는 알고 있는가요

가슴속 깊이 스며드는
그대 온기 식을 줄 모르니
그대는 누구인가요

잠시 왔다가 이 내 마음에
파란 하늘빛으로 물들이고
싸늘한 바람 등에 기대어
긴 여행을 떠나는 봄인가 봅니다

· 시를 꿈꾸다 3집 ·

>>> 배근익

약 력

· 사단법인 종합문예유성 운영위원
· (사)종합문예유성 글로벌문예협회 정회원
· (사)종합문예유성 문예지 시 부문 등단
· (사)종합문예유성 신인문학상 시 부문 수상
· 종합문예유성신문 1기 기자단 기자
· 「시를 꿈꾸다」 문학회 회원
· 사단법인 문학애 정회원
· 밀양 사포초등학교 총동문회 제13대 회장 역임
· 동명대학교 총동문회 부회장
· 건양대학교 대학원 석사졸업
· 대전대학교 대학원 박사수료

할미꽃 / 배근익

우리 할머니 백수하시고
하얀 백발 머리카락에
허리 굽어진 그 모습 생각날 때면

봄날 양지바른 풀 속
꽃샘 봄바람에 고개 숙인 예쁜 모습
피어오른 할미꽃 생각난다.

할머니의 장손 사랑
충성스러운 언행들
언제나 떠오른다.

살아 개실 적 보답 못 한
슬픈 기억 가슴 멘다.
노고초(老姑草) 할미꽃

보랏빛 꽃받침 암술대
그 털이 할머니의 흰머리처럼 보여
백두옹(白頭翁)이라고 하였구나!

개나리꽃 / 배근익

희망의 꽃봉오리 영글어
황금빛 개나리꽃 피웠구나!

내 사랑 개나리꽃
봄의 희망 그리워진다.

신축년(申丑年) 꽃피는 봄
개나리꽃의 희망

우리 모두의 꿈이 사랑으로
즐거움과 희망이 행복이기를

명자나무 꽃 / 배근익

동네 골목길 정원
관공서 주차장 정원
내 자주 가는 지인 농장에도
정열의 꽃 명자 꽃 피어구나

붉은빛 화려한 꽃잎에
황금빛 암술 수술
겸손하게 머금고
유혹해 인증사진 남기노라

우리 임 꽃봉오리
명자나무 꽃 겸손함에
너와 나 유혹하니 가는 길 멈추고
예쁜 모습 힐링 한번 어떨까요?

· 시를 꿈꾸다 3집 ·

>>> 서흥수

약 력

· 경북 영주 출생, 서울 거주
· 경북대학교 졸업
· 코오롱, 현대, 롯데, 대림산업, 포스코 그룹 근무 후 퇴임
· 화공엔지니어 출신 시인
· 월간 시사문단 시 부문 등단 (2021.1)
· 한국시사문단 작가협회 회원, 빈여백 동인
· 「시를 꿈꾸다」 문학회 회원
· 수정샘물 문학회 동인

봄이 오면 바람이 되어 / 서홍수

봄이 오면 사랑은
꽃이 되어 필지도 몰라
그 꽃을 만나러 바람이
되어 가야지
바람이 꽃을 스치면
그 사랑 향기와 닮았다고
생각할지도 모르지

꽃을 만나고 가는 바람아,
꽃이 몰라줘도 슬퍼하지 마
꽃이 그리 예뻐도
눈물 흘리지 마

세월이 가면 꽃도 시들고
떨어져 흙으로 돌아갈 것을
바람도 꽃도 그리 사라지고 말 것을

시간이 가고 세월이 가고
지구에서 꽃과 바람으로 살다가
저 멀리 은하수 어떤 별에 가거든
봄으로 꽃으로 태어나
봄이면 그 사랑 꽃으로 너 품에
가득 피어날지도 모르잖아

각도 / 서홍수

둥그렇게 그리고 싶었는데
네모난 것이 아니라고 말하고 싶었는데,
돌아보니 네모나지 않은 게 없었네

상처로 덧난 내 붉은 심장, 굶주린 독수리에게
한 번 더 쪼아 먹힐 때 찢기는
아픔만큼 힘들어도
둥글둥글 아무렇지 않아보려
둥근 산을 가보고, 동그란 곡선 길을 끝없이 달려보아도
모난 것이 쉬이 동그랗게 되는 게 아니더라

오늘, 불국사 다보탑의 쌓인 돌 자세히 들여다보니
네모난 돌은 덜 다듬은 채 기둥이 되었고
둥그런 돌은 둥근 조각 아치로 쓰였더라

저 도봉산 오봉 위에 솟아있는 바윗돌들도
저리 아름답지 않은가
네모진 것 둥글진 것 뒤섞여있으니

슬픔의 틈 / 서흥수

가끔 슬퍼도 좋다
슬픔과 기쁨의 간격은 먼 것 같아도 가깝다
고여있는 물이 아니라 흘러가는 물이면 된다
눈물도 마음의 도랑으로 흘러가면
슬픔도 기쁨처럼 치유가 된다

틈을 보여라
마음을 꽁꽁 싸매서 바람 한 점 못 들어가게
움켜쥐고 있지 말아라
그 작은 틈으로 슬픔에게도 바닷가 모래알 위에
떨어지는 햇볕 한 조각을 선물로 주어라

그대 마음의 바닷가에도
슬픔이 썰물 되어 쓸려가고
기쁨이 밀물 되어 천천히 다가올 터이니

>>> 심경숙

약 력

· 대한문인협회 정회원
· 한림대학교 평생교육원 시 창작 수료(2019년)
· [뉘시오] 서울 지하철 시민 공모전 당선 2020년
· 「시를 꿈꾸다」 문학회 회원

오미 나루[1] / 심경숙

강 나루터 길목엔
빈집처럼 차가운 의자 서너 개
추억 밟는 나그네 기다린다
우마차 싣고 건너던 삶의 이야기
어머니 싣고 오가던 뱃길
막 배 따라 가버린 뱃고동
다신 울지 않는다
강물은 소리 없이 울며 간다
가물가물 묵혀 온 기억 저 편
은빛 꽃 피우는 강 언저리
허공 디딘 바람만 휑하니 분다

---

1 오미 나루 : 춘천시 서면 신매리의 옛 나루터

구름 낚시 / 심경숙

꽁꽁 언 얼음구멍 뚫린 곳에
낚싯대를 담갔다
야광에 가짜 오징어 한 마리
차디찬 물속에서 춤을 춘다
물속에 송어가 있을까
들여다보고 또 흔들고 시간 깊을수록
춤사위 남기며 지나간다
가만히 들여다보다
동그라미 속에 비친 내 얼굴
나도 물속에 빠지고
구름도 해님도 빠진다
얼음 속으로 유유히 지나가는 송어 떼
나는 물속에 얼굴을 묻고
구름과 해를 종일 건져 올린다.

뉘시오 / 심경숙

여든여섯 살 노치원생 우리 엄마
처음 본 사람처럼 멀뜸한 시선
밤새 지린 속옷 방 안 가득 널어놓고
잠잤는지 밥 먹었는지
기억 저편, 생각의 저편
하얗게 물든 머리카락 수 만큼
헝클어진 시간을 쓰다듬는다
봄날 양지꽃같이
사랑스럽게 살아계신 우리 엄마
세월 거꾸로 매달고 간다
노란 버스를 타고 노치원을 다닌다
거무스름한 검버섯 얼룩 너머로
시린 가슴 하늘가에 가물거리는
여섯 살 아가가 되어
뉘시오
그 말에 가슴이 까맣게 무너진다

>>> **양영희**

약 력

· 대한문학세계 시 부문 등단
· (사)창작문학예술인협의회 회원
· 대한문인협회 정회원
· 「시를 꿈꾸다」 문학회 회원

가북의 넓은 품 안에서 / 양영희

새벽 세 시 적막이 감도는
거창 가북의 밤하늘에
수많은 별들이 빛을 뿜고
쏟아져 내린다

바람 한 점 불지 않은 이 밤
나는 홀로 풀잎 위에서
저 찬란한 아름다움에 젖어 이슬에 발을 담근다

차가운 바람이
거꾸로 가는 바람을 불러
홀씨를 털어내
은하수 기슭에 흩뿌릴 때

나의 넓은 목을 타고
울대를 치고
뜨거운 가슴은 식지 않아
별들의 찬란한 빛에 머물러 있고

가 북의 넓은 품 안에서 이슬을 밟고
말간 햇살이
하늘 위에
낮달을 삼키고 나니
나는 깊은 꿈에
젖어 든다.

빛바랜 책장 / 양영희

켜켜이 쌓인 먼지를
빛바랜 책들이
과거와 미래를 위해
다리를 놓고 수를 놓았습니다

오랜 세월 먼지만큼
시간이 흐르고
빛바랜 책장마다
무수한 이야기를 찾아 헤매는
시간의 무게가
진득하게 아픔으로
다가온 날도 있었습니다

오늘도 바람이 비껴간
길을 걸으며
수북이 쌓여만 가는
빛바랜 책장 속에서
빈 가지에 흔들리며 피어나는
꽃을 기다려 봅니다

게으른 눈 / 양영희

초록의 새순이 새움 트기까지
해와 달 바람도
스쳐 지나간 아픔을
이겨냈으리라

무한한 생명 앞에
나는 절로 작아진다

마음은 바쁘나
눈이 게으른 농부의 삶인가

앞뜰엔 매화꽃이 흩날리고
게으른 농부의 눈을
즐겁게 마시게 하는
잎은 어여쁘다

늦은 오후 매화꽃을 따와 찻물 우려내
내 사랑하는 이와
도란도란
향을 마시니

느림에 미학으로
세상을 다 마신 듯
봄에 춤추는 향기가 참 좋다

꽃바람이 한 움 큼
사랑의 씨앗을 뿌리니
눈이 게으른 농부의 눈에도
봄 아지랑이 춤을 춘다

>>> **양현기**

약 력

· 대전 거주
· 「대한문학세계」시 부문 등단
· 대한문인협회 회원
· 「시를 꿈꾸다」 문학회 회원
· 하나컴퓨터자수 대표

작은 가슴에 / 양현기

떨리는 작은 가슴에
무엇을 얼마나 담으리오
세상 모든 것
어차피 다 담지 못한다면

가슴에 쌓아놓은 담 허물어
세상과 하나 되든지
아니면 한 움큼의 사랑만
담으리라

일곱 색깔 무지개도
한줄기 햇살이 지면
사라지는 허무한 것일진대

양손에 움켜쥔들
무엇을 더 담고 안으리오
당신의 마음과 사랑
딱 두 개면 가슴 가득합니다

인 연 / 양현기

그 사람을
알지 못하여 그리운 것은
좋아하는 마음이라 하고

알고 나서도 그리운 것을
사랑이라 한다면

밉고도 돌아서지 못하는 것은
정 이리라

그대에게
누군가 그러했다면
그의 이름은 인연일 것입니다

꿈 / 양현기

자고 나면 꿈이었구나
어젯밤 꿈이었구나
새 아침에
당신을 그리워합니다

꿈속의 당신은
그날같이 고왔고 예뻤어요
당신을 바라보는 나는
한없이 행복했고요

어제도 만나고
오늘도 만날 텐데
꿈속에서도 그리는 건

바닷물을 닮은 사랑이라
그런가 봅니다

>>> **오필선**

약 력

· 「대한문학세계」 시, 「한국산문」 수필 등단
· 대한문인협회 회원, 경기지회 홍보국장
· (사)한국문인협회 회원, 안산지부 회원
· (사)한국산문 작가협회 회원
· (사)한반도문인협회 이사
· 「시를 꿈꾸다」 문학회 운영위원
· 새솔동 꽃집 대표
· 저서 : 시집 「빛바랜 지난날도 그리움이다」 외 동인지 다수

바람이 드는 까닭 / 오필선

터벅거리는 발길 따라
마지못해 따라오는 그림자
실낱같이 가늘어진 명줄처럼
휘청이며 훔쳐내는 흥건한 몸짓

백설은 가득한데 엇나가는 심사는
아직도 뜨거운 줄 가슴만 쳐대며
사람 들었던 정이 흩어진 까닭을 모르고
할퀴고 지나간 바람을 핑계로 삼는다

사랑은 틈으로 피어나고
이별은 금으로 깨진다는 걸 알고도
아직도 멀게만 두고 찾으려만 하니
골방이 공연히 차갑지는 않을게다

대천으로 가는 완행 / 오필선

한칸 한칸 밀어내 뾰족해진 신작로를 구르며
버스가 생경한 풍경을 뒤로 잡아끌 때마다
목적지로 가는 완행버스는 덜그렁 소리를 낸다

목 짧은 소 떼가 우르르 언덕을 오르는
서산 목장의 한가로운 푸른 초원을 지나고
곰삭은 젓갈 비릿한 드럼통을 뒤적이며
입안에 흐물거리던 어리굴젓 광천을 지나다
탁 트인 바다가 꼬드기는 대천이 눈으로 들 때
덜그렁 덜그렁 마음이 쏟아질까 간신히 붙들었다

완행버스에 오르기 전에는 생각지도 못했던
홀로 떠나는 여행객이 짊어진 악다구니가
투정까지 얹어지며 슬쩍슬쩍 창밖으로 던져지고
하나씩 밀어내며 풍경으로 도착한 대천터미널
악다구니를 말없이 받아 준 여행은 완행이었다

꽃이 진다 / 오필선

목젖까지 치미는
아스라한 설움에 꽃잎이
하롱, 가벼이 달뜨며
그렇게 저버렸다

분분히 흩날린 꽃잎이
홀연하게 가지를 비우는 날
시린 가슴을 삭이며
비로소 공허를 털어낸다

꽃을 놓아버린 것인지
꽃이 나를 놓은 것인지
뒹구는 꽃잎이 사라지고 나서야
기꺼이 여여如如할 수 있었다

>>> **오흥태**

약 력

· 강원 춘천 출생
· "대한문학세계" 시 부문 등단
· 대한문인협회 회원
· 대한문인협회 경기지회 회원
· 「시를 꿈꾸다」 문학회 회원
· 서울교원문학(울림) 시 공모 선정(2017.18.19)
· 서울시지하철 시 공모 선정(2018)
· Email : heung500@hanmail.net

필 때도 질 때도 동백꽃으로 / 오흥태

긴긴 기다림은
북풍에 에인 볼 비벼
흰 눈 하염없어 안타까운 날
초연히 가슴만 쓸어내리다
새벽 눈 맞춤
핏빛 가슴 저림의 순간
기어이 그 눈 녹여 피워냈습니다

욕심은
당신을 통째로 내 것이라 해놓고
창가에 오래 붙어
선홍빛 립스틱이 묻어날 듯
쉼 없이 재잘대던 오므린 입술
살포시 포개어 안았습니다

애처롭게
혼자인 날
붉은 주단 펼쳐 한없이 기다리다
노란 속 꽃술로 환생한 자태에
넋 놓고 그 앞에 무릎을 접습니다

무던히도 애태우다
사랑은 빨갛게 농익었는데
짧은 만남은 저리도 빨리
아침 날빛에 그만 툭 하고
붉은 청춘 낭자한 채 돌아섭니다.

목련꽃 내 사랑아 / 오흥태

짧은 봄볕에
빼꼼히 내보인 속살
바람이 먼저 희롱하고
그 마음 부끄러워
먼저 눈을 감았네

무슨 말을 건네야 하나
나신(裸身)의 순수에 마비된 듯
순백의 미소에
눈길 두기 어렵구나

흐린 달빛에
용기 내어
네 앞에 다시 섰지만
화광(化光)을 쓴 듯 빛나는 자태
그만 말문 닫고 말았네

가로등 아래 처연히
야속한 마음은
사랑했노라 전하는데
이 밤이 새고
암흑처럼 사라지고 나면
무엇으로 남으려는지.

봄 비 / 오흥태

한밤 내 문밖엔
낙숫물 소리

시간은 멈추고
모든 소리를 수렴한다

봄꿈은 꽃망울 끝에
수정처럼 영글고

봄비의 영혼에
또 한 계절만큼 성숙 되어간다

빗소리는 점점
주문이 되고

대지는 근심을 잊고
설레어 지새는데

화사한 꽃들의 유혹
성큼 다가와

빈 가슴에 불을 지펴
달아오른다.

시를 꿈꾸다 3집

>>> 이만우

약 력

· 경기도 수원 거주
· 대한문학세계 시 부문 등단
· (사)창작문학예술인협의회 회원
· 대한문인협회 경기지회 기획국장
· 2019년 한국문학 올해의 시인상 수상
· 2020년 특별초대 명인명시 출품
· 2021년 명인명시 특선시인선 출품
· 「시를 꿈꾸다」 문학회 운영위원

항아리 / 이만우

장독대의 여러 항아리 속에는
무엇이 담겨 있는지
항상 궁금한 마음을 가지고 있다

어머니의 손맛이 남아 있는 장이 있을까
숨바꼭질하는 아이가 숨어 있을까
어둡고 보이지 않는 그 깊은 속

그 항아리를 보고 있으면
하늘나라에서 흐뭇하게 보고 계시는
모습이 눈 앞을 가리게 된다.

정겨우면서도 마음 한구석은
휑하니 뚫려 있는 느낌이 드는 것은
언제나 그리움을 잊지 못하고 있기 때문이다.

목련꽃 / 이만우

솜털처럼 부드러운 꽃받침을 만지면
아련히 떠오르는 옛 연인의
머리카락을 만지고 있는 느낌이다.

곱고 하얀 꽃은 창백하지만
은은한 미소를 띠며 다 가오는 듯한
착각을 일으키게 된다.

마음은 이미 떠나고 없는데
왜 이리 자꾸만 머릿속을
흔들어 대고 있는 것일까?

목련꽃을 보면서
아내에게 편지를 써야지
사랑한다고 그리고 함께 가자고…

두 얼굴 / 이만우

나를 보는 것 같다
같은 몸에서 생각과 행동이
서로 다를 때의 모습을 보면서.

이러면 안 되는데 나도 인간이
아직 덜된 것 같기도 하고
혼란스러울 따름이라서 마음이 아플 따름이다.

무슨 일이 있어도 같은 생각
같은 행동을 해야 하는데
그렇게 안 될 때도 많이 생기고 있다.

완벽함을 추구하는 것은 아니지만
언제나 하나가 되려나 하는 생각을 하면서
내가 만들어지도록 깊은 생각을 해야겠다.

>>> 이명순

약 력

· 대한문인협회 정회원
· 제물포예술제 주부백일장 장원
· 전국 고전읽기 백일장 문화체육부장관상
· 윤동주탄생100주년 기념 문학상 공모전 작품상 수상
· 타고르 문학상 최우수상
· 화도수필동인외 다수 문예지 참여
· 「시를 꿈꾸다」 문학회 동인

평행선 / 이명순

우린
늘 오만했다

너는 내게
나는 너에게

봄을 꿈꾸면
너의 봄은 시리고
여름이 오면
내가 푸른 늪에 가라앉았다

다시
오고 가는 계절의 잎새마다
네 눈빛은 흔들렸고
그 길 위에서
나락으로 떨어져 뒹구는 침묵이 되었다

다시는 오지 않을, 그때였을까
네가 바라는 세상과
나의 이상향은
닿을 수 없고
끝이 없는, 길 위의 무덤이었다

우리 다시 만날 수 있을까
죽음에 이르러 불멸의 늪에 서면

다시 또, 봄 / 이명순

장님 눈 뜨듯 환한 바람이 불던 날
우수(雨水) 눈치 보던 꽃망울
봇물 터지듯 여문 입술을 벙싯거리고
수다 삼매경에 빠졌다

얼음새꽃 놀다 간 뒤끝에
산수유 옷고름 풀어 헤치고
새초롬 살랑대는 바람꽃
새색시 볼처럼 홍조 띤 매화

지난밤 우수에 젖은 뜨락
말간 얼굴로 고개 내민 생강꽃
남천을 밀어내고 살금살금 봄맞이 활짝
휘젓는 바람은 꽃비를 내린다

앞섶을 파고드는 꽃샘바람
매실 항아리에 술이 익는
아, 설레는
또, 봄이다

뜨락의 아침 / 이명순

청보라 꽃잎 살포시 웃는 달개비
살랑살랑 꼬리치는 강아지풀
선잠 깬 분꽃 앙다문 입술이 귀엽다

벽을 타던 담쟁이 숨 돌리던 찰나
동살에 피어오르는 이슬방울이
또르르 풀잎을 적신다

긴 장마 끝 목련에 앉은 매미들
짝짓기 떼창에 시끌벅적하고
봄까치 살랑대는 아침나절
아기별꽃 모여 소곤소곤
바람결에 패랭이 방긋 웃는다

해넘이에 분 향기 뿜어내고는
까맣게 여문 씨앗 또르르 구르고
모래알처럼 송송 맺힌 대추알 여물어 간다

바람이 부르는 결 따라 찾아드는
흰나비, 말 잠자리 춤추듯 날아오르고
때 이른 코스모스 하늘하늘 웃는다.

시를 꿈꾸다 3집

>>> 이송균

약 력

· 대구 거주
· 「시를 꿈꾸다」 문학회 회원
· 대한문학세계 시 부문 등단(2019.12)
· 대한문인협회 회원
· 대한문인협회 대구경북지회 회원

꽃잎과 만남 / 이송균

목련 소리 없이 은은한 향기
푸른 하늘 향해 애교를 부리니
비바람 시샘과 질투 일어난다

부드럽고 가냘픈 꽃잎 힘없이 마냥 떨어져 내리네
어여쁜 아기 같아 아픔 마음 둘 곳 없어라

길가에 휘날리는 벚꽃에 젖어서
호흡을 잠시 멈추고 두 손을 벌려
맞이해본다

떨어져 날리는 꽃잎 하나
봄 소풍을 가다가 힘겨운 듯
따스한 손 위 쉼터인 양 살포시 앉고는
간질간질 재롱을 떨며 속삭이네

찐한 이별도 가슴에 살짝 묻어두라고
슬픔도 잠시
내일이 다시 와서 꽃망울 피우리라고
그대 사랑도 그리하리라고.

월척 / 이송균

갈매기 한 쌍 끼룩끼룩 노니는 한적한 바닷가
사랑 잃은 나그네가 시간을 미끼 삼아
님 찾아 낚싯줄 힘껏 던져본다

햇살은 지친 육신을 간지럽히고
무심히 지나는 파도는 철퍼덕거리며 졸음을 깨우는데
우리 님은 어찌 그리 무심한가
단 한 번 입질마저 없어라
괜스레 죄 없는 바다에 한숨만 짓는다

햇살 사라지고 노을이 황혼으로 갸웃갸웃
채비 챙겨 돌아가라고 비웃는가 보다
무심한 바다 용왕이여 원망스럽구나
간절히 님 맞이하기를 두 손 모아 빌어보네

투덜투덜 낚싯대 건지려는 찰나
이게 웬 횡재인가!
둥근 보름달이 환한 미소 지으며 걸려있구나
떠난 님 닮은 아리따운 그대를 낚으니
고요했던 심장도 놀라서 달리기 한다
아~~~ 월척이로다.

모래시계 / 이송균

풋풋한 봄 향기
째깍째깍 소리 없이 다가오니
화사함에 시샘하듯 밤새도록 빗님들이
시간을 재촉하며 육신을 깎아내린다

산중에 아침햇살 드리우니 자욱한 안개 한 꺼풀 벗겨진다
모래를 비운 텅 빈 공간의 허전함이
저편에서 살려 달라 손짓하니 어찌 그리 애처로운지.

빈 공간에 꽃잎은 떨어져 이슬 가득 머금고 울고
모래 쌓인 건너편 자리엔 파릇파릇한 연초록의 잎사귀가
반짝반짝 모래알 되어 반기 운다

그렇게 대자연은 모래시계 벗 삼아
봄 가고 여름으로 다가서고 쉼 없이 흐르는가 보다
멈춤은 죽음이기에 조심스레 모래시계를 또 뒤집어 준다
모래시계는 다시 스르륵 살아서 흘러가며
곧 가을이, 겨울이 그렇게 오리라

우리네 삶도 사랑도 이별도
또한 그렇게 순리대로 흘러가리라
모래시계처럼 소리 없이.

>>> 이순예

약 력

· 「시를 꿈꾸다」 문학회 운영위원
· 대한문인협회 회원
· 대한문인협회 서울지회 회원
· 대한창작문예대학 졸업
· 시인, 작사가, 가수

꿈 / 이순예

꿈은 현실을 아울러
살며시 그느르고[1]
하제[2]는 꿈을 보듬어
꼬옥 안아 줍니다

점은 선의 누리를 동경할 뿐
넘보지 못하고
선은 면의 세계를 갈망할 뿐
볼 수는 없어요

꿈은 붉어질수록 아름다워요
오늘이 그를 필요로 하기 전
먼저 다가오는 꿈은 없겠지요
꿈은 다가가는 이의 것이에요

---

1 그느르다 : 보호하여 보살펴 주다
2 하제 : '내일' 의 순우리말

무지개 / 이순예

비가 오면
젖은 날개의 흔들리는
사람들을 만난다

바람을 멈춰 가며
나를 다잡아 본다

쌓이는 비와
켜켜이 층지는 바람에
갈잎은 여위어가기만 하고

인생은
비를 삼켜 봐야
바람을 당겨본 뒤에야
무지개를 볼 수 있다

그 여인의 정원 / 이순예

들국화 소담스레 앙가슴에 품고
하얀 미소 흘리며 들어오시는
단정한 여인

꽃보다 향이 짙다는 것을
햇살 탐스러운 화원에 핀 꽃을 보고
알았습니다

흔하다 말하지 않겠습니다
뿌리신 뜨거운 애정은 거룩한
들녘 꽃밭을 만들었습니다

비밀 서랍장 속 소녀와 여전히
열애 중이신 나의 어머니
당신 꽃잎 곰살궂게 읽어 내려가며
그 사랑 아껴 넘기렵니다

>>> 이종훈

약 력 ─────────

· 대한문학세계 시 부문 등단
· (사)창작문학예술인협의회 회원
· 대한문인협회 정회원
· 대한문인협회 인천지회 정회원
· 2019년 짧은 시 짓기 전국 공모전 장려상 수상
· 2020년 화광신문사 소년소녀부 시, 수필, 소설부문
· 전국 공모전 심사위원
· 「시를 꿈꾸다」 문학회 회원

기분 좋은 날 / 이종훈

어느새
친구가 되어버린
지친 하루하루이지만

그대 그리움 속에
또
오늘이 노을 지네요

하루하루가 힘들어도
늘
그대 생각만 하면
가슴이 따스해집니다.

바닷가 테라스에서 / 이종훈

거친 파도 위로 비는 내리는데
K는 미동도 없이 고뇌를 쓴 채
오롯이 맞고 있었다

눈물과 빗물은 뒤섞여
울대뼈를 타고 흐르고
번잡한 마음에 입에 문 담배는
꺼진 지 이미 오래다

흠뻑 젖은 고민의 챙 끝으로
미움과 원망이 훑고 지나가니

번뇌는 천둥에 부딪쳐
저 멀리 밤하늘로 흩어지고
그림자는 물속에서 잠이 든다.

어느 동부전선에서의 마지막 편지 / 이종훈

호수에 빠진 달빛 머무는 자리애서
막간을 이용해 군복 윗주머니에 있는
그대 사진 꺼내봅니다
그대의 예쁜 얼굴 위로 떨어진
눈물 한 방울은 눈물이 아니라고
애써 중얼거리며 작은 수첩에다
오늘도 편지를 씁니다
그러나
끝까지 쓰지는 못하겠네요
적들이 다시 꽹과리를 치며
새까맣게 올라오고 있어요
그대여 걱정하지 말아요
이 세상에서 가장 사랑하는
내 첫사랑이자 마지막 사랑인
그대를 위해서라도 기필코
살아서 돌아갈 테니.....
간다면 우리 결혼해요.

(71주년을 맞이한 625의 뜻깊은 의미를 새기며 조국을 위해
목숨을 바치신 순국선열께 부족하나마 이 시를 바칩니다.)

>>> 이중열

약 력

· 전남 함평
· 고려대학교 독문과 졸업(경제학 부전공)
· 한국방송통신대학교 영문과 수료
· 단국대학교 대학원 경제학 석사
· 현 학원영어강사
· 시집 "둥지를 찾아 헤매는 겨울새의 간절함으로", 1992년, 혜진서관
· 「시를 꿈꾸다」 문학회 회원

호주머니 속의 두손 / 이중열

동숭동 대학로

회색빛 구름 사이로
언뜻 내비치는 햇살에
너의 추위가 반짝 빛난다.

꽁꽁 언 너의 손을 잡아
살며시 내 호주머니에
넣는다.

유난히 추위를 많이 타는
그래서 목이 더 길어 보이는 너에게
어쩌지 못하는 안타까움으로
"추우냐" 물으면
그냥 씨익 웃어 버리고 말던
너의 언어.

잎진 마로니에 나목 사이로
해맑은 너의 미소를
겨울 하늘이 내려다 보고 있다.

어느덧 내 호주머니엔
따뜻하게 피워진 사랑이 숨쉬고

역사(驛舍) 앞에는 흰 눈이 펄펄 내린다 / 이중열

'커피 한잔 사주세요'
노숙인의 목소리가
눈 사이로 들려온다

때마침 신사가 있어
외투를 입혀준다
장갑도 벗어 건네준다

'따뜻한 거 사드세요'
지갑을 열어 오만원을 준다

총총히 길을 가는 그 사람
역사 앞에는 흰 눈이 펄펄 내린다

[태헌[1]선생 한역]
玉屑飄飄驛舍前(옥설표표역사전)

請君向我惠咖啡(청군향아혜가배)
行旅聲音聞雪邊(행려성음문설변)
適有紳士解袍授(적유신사해포수)
手帶掌甲脫而傳(수대장갑탈이전)
却日須賣溫暖食(각왈수매온난식)
開匣還贈五萬圓(개갑환증오만원)
斯人匆匆行己路(사인총총행기로)
玉屑飄飄驛舍前(옥설표표역사전)

1 강성위 : 호 태헌(太獻), 태헌고문연구소 소장, 한경닷컴 칼럼니스트

잠자리의 노래 / 이중열

내가 세상을 날다가
어디에 가서 앉을까 하니,
내가 지친 곳엔 언제나
너의 손이 뻗쳐 있구나

사람을 헤집고 돌다가
누구와 함께 지낼까 하니,
내 찾는 곳에 언제나
너의 맘 돋아 있구나

해는 어느새 꼬리를 감추고
한적한 바람은 어둠을 밀쳐 오는데
내 몸이 그를 피한 곳은
아무도 모를 너의 품이었구나

>>> **이환규**

약 력

· 경기도 안양시 거주
· 대한문학세계 시 부문 등단
· (사)창작문학예술인협의회 회원
· 대한문인협회 정회원, 경기지회 정회원
· 「시를 꿈꾸다」 문학회 회원
· 2020 명인명시 특선시인선
· 시를 꿈꾸다 제1, 2집
· 2019 향토문학상 경연대회 금상
· 2019 10월 3주차 금주의 시 선정
· 2019 한국문학 올해의 시인상 수상
· 2020 짧은 시 짓기 전국 공모전 동상

어머니의 흰머리 / 이환규

봄빛
햇살 좋은 날
산봉우리 눈도 녹고
얼음도 녹아내리던 날

흰 눈을 머리에 얹고 앉아
겨울잠에서 깨지 않은 어머니
흰 눈 내린 머리 걷어 내리려고
미용실에 보내드린다

옛날에는 세월 따라
머리에 흰 눈도 내려앉더니
요즘엔 위아래 없이
흰 눈 이고 앉았다

하얀 겨울에
기름기 빠져 손등 거칠어지고
틀니 빼면 큰 보조개 움푹 들어가
볼을 삼켜도

미용실 다녀온 어머니
파마에 흰머리 걷어 버리니
주름진 얼굴이 환하게
밝아 보인다.

여행 / 이환규

한낮의 경계를 무너뜨린
뿌옇던 하늘이
어느 봄날 맑게 개었다

동반자와 떠나는 짧은 여행
서해안 고속도로를 달려서
스카이 바이크에 몸을 싣는다

어느새
즐거운 비명소리 허공을 가르고
두 손 꼭 잡는다

검은 바다에서 불어온 서풍은
비릿한 속내음을 토해내며
말없이 걷는 그림자 뒤를 따른다

찰칵
노을에 비친 금빛 물결
등진 바다 배경으로 그림을 그리고

멀리 드리워진 낚싯줄은
수평선에 붉게 잠드는
시간을 낚아 올린다.

참꽃 / 이환규

햇살에 놀란 아침
두견새 밤새 울어 피 토했는지
참꽃 연분홍으로 물들여 놓았네

산골마을 옛집에서
꽃잎 따다 화전 부치고
100일 주 담아 마시던 참꽃

빗방울에 눈물 머금고
탱글 해진 꽃잎은
아련한 손길 그리워하며

달달한 봄 향기에
화관 머리에 두르고
누이의 입술에 살며시 포개진다.

>>> **임숙희**

목차
단비
봄날
파랑새

약 력 ─────────────

· 시인, 시낭송가
· 대한문학세계 시 부문 등단
· 대한문인협회 경기지회 지회장
· 대한시낭송가협회 회원
· 텃밭문학회 운영이사
· (사)한국문인협회 회원
· (사)한국문인협회 부천지부 회원
· 「시를 꿈꾸다」 문학회 회장
〈저서〉
· 1시집 : 『가끔은 그렇게 살고 싶다』
· 2시집 : 『향기로운 마음』
· 여러 문인협회, 문학회 등 동인지 다수
이메일 : whitelily6627@hanmail.net

단비 / 임숙희

수분 한 모금 갈망하는
대지의 간절함이 닿았는지
하늘의 문이 열리고
쉼 없이 내리는 빗줄기 사이로
어둠을 등에 진 고단함이
어슴푸레 스민다.

침묵을 가르는 경쾌한 비 울림
쩍쩍 갈라진 대지의 환호성은
시름시름 앓는 만물에 생명을 부여하고
길가 화단에 홀로 피어있는
보랏빛 꽃 한 송이는
목마름에 허덕이던
초점 잃은 힘겨운 시간을
말갛게 씻어내는 단꿈을 꾼다.

봄날 / 임숙희

야멸차게 바람이 부는 날이면
네가 그립다

한 걸음 다가가면
한 걸음 더 멀어지는 네가
따사로운 햇살이 쓰다듬어주니
눈부신 미소로 내게 오고 있다

조금만 더 가까이
조금만 더 내 맘에 들어왔으면 좋겠다

오늘같이
시린 바람이 서성이면
더욱더 네가 왔으면 좋겠다.

파랑새 / 임숙희

햇살 미소 살풋
당신 눈가에 앉으면
내 마음은 온통
웃음꽃이 핍니다

꽃잎에 맺힌 이슬방울
파르르 내 가슴에 떨어지네요
당신의 눈시울이 촉촉이
젖어있기 때문입니다

내 마음에 날개가 돋고
하늘을 날고 싶은 날은
해맑게 기뻐하는
당신을 보고 있기 때문입니다

날마다
당신이 행복했으면 좋겠어요
한 마리 파랑새가 되어
당신 곁에 머물고 싶습니다.

>>> **전숙영**

약 력

· 전북 전주 출생
· 〈문학세계〉 등단
· 한국문인협회 회원
· 아가페문학회 회원
· 「시를 꿈꾸다」 문학회 회원
· 시향 문예대전 우수상
· 한국영농신문사 시부문 우수상
· 복지tv 방송대상 문화예술부문 시인상
· 저서 : 시집〈가슴앓이〉〈침묵의 축제〉
  공저 〈작고 하찮은 것들에 대한 경외〉

치매 / 전숙영

꽃다운 시절만 기억하고 싶으셨을까.
이름 석 자 남겨놓고 하나씩
하나씩 지워 가셨다.
제일 먼저 외로움을 지우시고
서러움을, 기다림의 끈을 놓아버리셨다.
웃는 법을 잊어버리지 않기 위해
행복했던 추억 몇 개는
고쟁이에 고이 품으셨나 보다.
허리춤에 손이 닿기도 전에
웃음보 흘러나와 해맑게 잘박거린다.
얼마나 그리웠으면 순간순간을 살다 가실까.
얼마나 간절했으면 정을 떼어 가셨을까.
오늘도 하얗게 지워진다.
멈춰버린 시간 속에
길을 잃어버린 기−억−상−실.

시 밥 / 전숙영

누구나 기다려지는
햅쌀 같은 시-
양 볼이 미어지고
실팍하게 살이 차는 밥-
밥이 꽃을 피우는 시,
밥을 짓고 싶다.
삶의 이야기 오물조물 무쳐서
봄여름 찬으로 내어 놓고
가을 겨울 국으로 설설 끓여내
꽃 밥잔치 둘러앉아
숟가락도 놓기 싫어
살찔까 걱정하는 시,
밥이 먹고 싶다.
오늘도
논에서 놀고 싶은
시의 종자들을 솎아
여러 번 헹궈내어
몽긋몽긋 뜸 들이며
사람 냄새 모락모락 나는
시 밥을 짓는다.

담 담쟁이넝쿨 / 전숙영

부대끼는 삶도 인연이라는 듯
내 등에 철썩 붙어있는 담쟁이
흉물스러운 몸뚱이에
사뿐
뿌리를 내려줬다
까칠한 네 잎이 닿는 그 어디든
내가 너의 혀가 되어줄게
네 몸의 뿌리로 내가 기대 살고
이 몸을 칭칭 감겨 와도
네가 보고 싶어 하는 세상에
나는 길이 되어줄게
세상사 너에게 눈멀어도
마냥 나는 좋다
담 너머 가득 꽃물이 들도록
너의 빨판에 먹혀들어가
나도 꿈을 꾸는
너의 숲이 되어줄게

>>> **정복훈**

약 력

· 대한문학세계 시 부문 등단
· (사)창착문학예술인협의회 회원
· 대한문인협회 서울지회 정회원
· 대한문인협회 서울지회 기획차장
· 「시를 꿈꾸다」 문학회 회원
· 공저 : 시를 꿈꾸다. 시를 꿈꾸다 2. 들꽃처럼 제4집

Email : ocarina73@naver.com

만년설처럼 / 정복훈

극지방에 가면
영원히 녹지 않는 눈이 있다 합니다
사람들은 만년설이라 부른다고 합니다

당신과 나 사이에도
저 만년설처럼
변하지 않는 무엇 하나 있기를 바라봅니다

세상은 빠르게 변하고,
그 빠른 속도만큼 많은 것이 변화되겠지요
당신과 나 사이에 변하지 않는 것 하나 있어
가슴 망가지지 않고, 온전히 지켜내어
살아가는 이유가 되고
숨을 쉬는 이유가 되었으면 합니다

굳이 사랑이 아니더라도…

수암원에서 / 정복훈

작은 풀꽃들이
보석을 흩뿌려 놓은 듯
피어있는
수암원에서
당신 생각합니다

아름다울 봄날처럼
내내…

바다 / 정복훈

바다
그냥 바다
네가 좋아했던
푸른 농해바다
널 좋아하니까
나도 그냥
바다

시를 꿈꾸다 3집

>>> 조은주

약 력

- 경북 의성 출신
- 작가넷 추천 시인
- 달빛 문학회 정회원
- 젊은 시인협회 정회원
- 스토리 문학관 정회원
- 인터넷 문인협회 추천작가
- 시객의 뜰 정회원, 시객의 뜰 창간호 동인지 출간
- 시객의 뜰 동인지 4호 출간
- 카페 다수 개인방 시 발표
- 시혼문학 정회원. 시혼문학 창간호 출간
- 시를 꿈꾸다 정회원. 시를 꿈꾸다 동인지 3호 출간
- 시담뜨락 정회원.
- 문사 사람들_문학애 출판사 정회원
- 현대시선 봄호 시 부문 신인문학상 수상
  현대시선 문학사 정회원

떠나려는 그대에게 / 조은주

내게로 찾아온 당신
누가 먼저랄 것 없이
나의 육신으로 다가선 그대

요란한 꽃비 흩날리며
온 천지를 향기로 채우더니

떨어지는 봄비 맞으며
붉은 무리 흙탕물
떠밀려가는 낙화로세

보내기 싫어
애원하며 하얀 손잡았지만
뒤도 돌아보지 않는
야멸찬 그대여

다음을 기약하며
향기마저 바람 속으로
날려버린 농익은 님

잊지 말고
꼭 다시 보자꾸나
그대라는 봄이여.

인생은 빈집 이려네 / 조은주

머물다
그렇게 머물다 가려 하지만
세월은 우리네 생을
가만두지 않는 거라네

불러도
불러도
대답 없는 세월처럼

그렇게 덩그렇게
빈집만이 나 앉아

집 바퀴만이
처마 끝을 지키고서
노을이 그리움만
어루만지고 있더이다

세월아
한 많은 세월아
천지를 손안에 휘감던
영혼은 간데없고

하얀 구름 떠안은
그대 흔적의 푯말만
우리 가슴 뒤흔드는
삶의 숨결만이
구름처럼 떠돕니다.

산사 밤바람에 / 조은주

풍경마저
어둠에 흔들거리는
산사의 밤바람은

두고 온 임
그리운 임
그 임의 얼굴이

연꽃 머금은
작은 연못에
아리게 떠오르네

산사
어둠 속에 흐르는
삶을 속세에 두고 온

파리한
마음속 빈 가슴
홀로 오체 공양에 흐느끼는

우리는
無(무)를 찾아
헤매는 티끌 같은 생이로네.

>>> 하은혜

약 력 ────────────────

· 대한문학세계 시 부문 등단
· (사)창작문학예술인협의회 회원
· 대한문인협회 정회원
· 「시를 꿈꾸다」 문학회 운영위원

· E-mail: lys_127@naver.com

한고비 / 하은혜

봄을 부르는 단비가 내리는가 싶더니,

밤새
오는 봄을 시샘하는 눈빛이
하얗게 흩날리고 있다

이 한고비만 넘기자

밤이 깊을수록
새벽이 가까웠다는 말처럼

이 눈 그치면
봄은 더 가까워졌으리라

흩날리는 눈이
어느새
머리에도 마음에도 새하얗게 쌓여 가지만

"이 또한 지나가리라"

'툭툭'
쌓인 눈을 털어낸다.

라일락 / 하은혜

아직은
찬바람의 여운이 채 가시지 않은
초사월의 아침에

무심결처럼 만나는 그녀!

가녀린 몸매에
수줍게 미소 지을 때면

여학교 때의 그녀처럼

살포시 패는 볼우물 입가에서
퍼지는 새침한 향기

라일락 꽃을 좋아한다며
수줍게 미소 짓던 연보랏빛 그녀가

사뭇
그리워지는 날이다.

침묵 / 하은혜

무슨 긴 말이 필요한가?

말을
닫고 있으면

오롯이
가슴속 가득 수많은 꽃들이
환히 피어나는 것을…

무슨 수많은 꽃들이 필요한가?

꽃을
닫고 있으면

저리도
하늘 속 가득 수많은 열매가
알알이 영글어 가는 것을…

>>> 홍승우

약 력

· 대한문학세계 시 부문 등단 2018년
· 대한문인협회 회원
· 「시를 꿈꾸다」 문학회 운영위원
· (사)글로벌작가협회 사무총장

· e-mail jehuus8253@gmail.com

하루 / 홍승우

어제와 오늘과 내일은
늘 함께하는데

바뀔 수 없는 어제는
아쉬움이라 불리며 그림자 속에 꼭 숨고

잡히지 않는 내일은
언제나 몇 발자국 앞에서 달리며

온전히 내 것일듯했던 오늘은
반갑게 찾아왔다 냉정히 돌아선다

그래도
허락된 하루 동안 우린 꼭 붙어 다녔다

멀리서도 보인다.

꽃이고 싶어 / 홍승우

꽃담은 눈동자 대신
눈동자까지 향기로 채우는
꽃이고 싶어

선택하는 나비가 아니라
선택받는 꽃이고 싶어

너의 생각으로 하루를 채우며

바람에 흔들리기보다
너로 하여 좋아서 떨리는

그런
너의 꽃이고 싶어

새벽 4시 16분 / 홍승우

봄비를 베고
밤바람을 덮고
벚꽃을 보고 누웠다

눈은 감았지만 잠은
낮 동안을 떠드느라 재잘댄다

떠들다 지칠 때쯤
뻗은 손에 꿈이 닿으려나

지구에 닻을 내린 흰 수염고래의
검은 등 위에 빛나는 파란 별이 되어

그리움 / 곽현옥

곽현옥

눈을 감고 귀를 막고
말을 전해도 들을 수 없는 대화

또 그대를 생각하고
또 그대가 보고 싶고
온종일 그대 오시길 기다립니다

가슴엔 뜨거운 불씨
재로 되어 꺼지지도 못하는
연기처럼 사라지지 않는 그리움

미워라
아무것도 모른 체 하는 그대여
봉선화 빨간 눈물이
손톱으로 번지는 것을 보셨나요

열정 / 유은정

유은정

봄을 알리는 꽃을 찾기 위해
기차를 타고 너에게로 달려간다

찾기 힘든 너의 모습
술래잡기하듯 낙엽 사이에
숨어있는 변산바람꽃

너를 찾다 보니
노루귀는 선물로 발견한다

나의 발길이 멀어질수록
너를 찾기란 쉬워지는 변산 바람꽃

언어의 향기

시를 꿈꾸다 3

시를 꿈꾸다 동인 시집

2021년 6월 3일 초판 1쇄
2021년 6월 8일 발행
지 은 이 : 임숙희 외 38인

강석자, 공태영, 권경희, 김기호, 김달수, 김미숙, 김미영, 김병모
김용철, 김인수, 김종각, 김희경, 김희추, 문영수, 박성금, 박정기
박효신, 배근익, 서홍수, 심경숙, 양영희, 양현기, 오필선, 오홍태
이만우, 이명순, 이송균, 이순예, 이종훈, 이중열, 이환규, 임숙희
전숙영, 정복훈, 조은주, 하은혜, 홍승우, 곽현옥, 유은정

엮 은 이 : 임숙희

디자인 편집 : 이은희

기 획 : 시사랑음악사랑

연 락 처 : 1899-1341

홈페이지 주소 : www.poemmusic.net

E-Mail : poemarts@hanmail.net

정가 : 12,000원
ISBN : 979-11-6284-285-0